JN257952

ドラゴン王（おう）さまになる

茂市 久美子・作
とよたかずひこ・絵

子ぎつねの　きいくんには、すてきなともだちがいます。

それは、ドラゴンです。

ドラゴンは、ドラゴンゴン国の王子さまですが、わけがあって、マッチばこに　すんでいます。

ドラゴンは、雨をふらせるのが　とくいで、雨がふらなくて　こまっているところから、ひっぱりだこです。

ところが、なぜか、ちかごろ、すっかり　ひまになってしまいました。雨をふらせてほしいという　でんわが、かかってこなくなったのです。

「マッチばこの中で　のんびりできていいよ」
はじめのうち、ドラゴンは、ひまになったことを
よろこんでいました
　でも、一週間もすると　マッチばこの中に
いるのが、たいくつになってきました。
「ぼくに、どこからか、でんわなかった？」
「なかった」
　きいくんのへんじに、ドラゴンは、
つまらなそうな　かおをしました。
「からから天気なのに、どうして、でんわが
かかってこないんだろう？　だれかが、
ぼくのかわりに、雨をふらせているのかな？」

それから、ドラゴンは、ちょっと
しんぱいそうな　かおをして　いいました。
「まさか、また、ワーニャンかな」
ワーニャンとは、ワニダーゾ・ワーニャンのことです。ずっとまえは、ドラゴンゴン国の王さまに　つかえていたワニで、こどものころは、ドラゴンの　けんかあいてのひとりでした。

ところが、ワーニャンは、ついさいきん、びっくりするような
たかいお金をとって、からから村に、雨をふらせたのです。
でも、ドラゴンのように、うまくふらせることができず、たきの
ような雨をふらせて、はたけのいねを　水びたしに　してしまいま
した。

「ワーニャンが、ひどい雨をふらせることとは、このへんのひとは、もう　みんなしっているから、ワーニャンじゃないと　おもうな」

きいくんが、あたまを　よこにふると、ドラゴンは、うでをくみました。

「だよねえ。でも、きになるから、ぼく、ていさつにいってくる」

お日さまが、じりじりてりつけて、空には、小さな雲の　かけらひとつありません。

そんな空を　びゅんびゅんとんで、ドラゴンが、からから村までいってみると、やはり、雨がふらなくて　こまっていました。

それなのに、村のひとたちは、ドラゴンをみると、さけるようにどこかにいってしまいました。

つぎに、ドラゴンが、ひでりん村へ　いってみると、ここでも、

雨がふらなくて　こまっているのに、村のひとたちは、ドラゴンをみると、どこかへいってしまいました。

「みんな、どうしたんだろう？　いつもなら、ぼくのこと、大かんげいしてくれるのにな」

ドラゴンは、きいくんのうちに　かえることにしました。

でも、むねが　もやもやして、まっすぐかえる　きぶんになりません。空の上から、森をみつけると、すずしい木かげで、きぶんをかえることにしました。

ところが、森の中は、風がなくて、むしぶろみたいでした。

ドラゴンは、大きな木に　よりかかると、かいぞくのぼうしをとって、むねを　ぱたぱたあおぎました。

と、ぼうしの中から、なにかが　ぽとりとおちました。

ドラゴンのぼうしは、むかし、かいぞくから　うばったもので、きにいって、ずうーっとかぶっています。

「ん、なにかな？」

おちたものをひろって、ひろげてみると、一まいの紙でした。

茶色いしみが、あちこちにちらばっていて、
いまにも　ちぎれてしまいそうです。
「こんなの、どこにあったんだろう?」

ぼうしを　ひっくりかえしてみると、うちがわに、ポケットのようなところがあります。どうやら、そこにはいっていたようです。
「へえ、ぼうしに、こんなのが　かくしてあったなんて　しらなかった」
紙には、耳の大きなコウモリと、どうくつのような絵が、かいてありました。きっと、かいぞくが、たからものをかくした　地図にちがいありません。
「きんかや　ほうせきだったらいいな。そうしたら、また、まほうで、きんかはチョコレートに、ほうせきは、ドロップにかえよう！」

ちょうどそのとき、ドラゴンの　あたまの上で、かさこそと小さな音がしました。

みあげると、えだに、コウモリが　ぶらさがっています。

「やあ、ちょっと　おしえてくれないかな。この絵のコウモリは、どこにすんでるか　しらない？」

コウモリは、えだにぶらさがったまま　こたえました。

「それは、ウサギコウモリだな。りゅうせん洞って、どうくつに　すんでるよ」

「そこは、どこにあるの？」

「ずっと北のほう、うれいら山っていう山の中のどうくつさ」

「ありがとう」

ドラゴンは、いそいで地図(ちず)を
ぼうしにしまうと、
「えいっ！」
と、空(そら)に　とびあがりました。

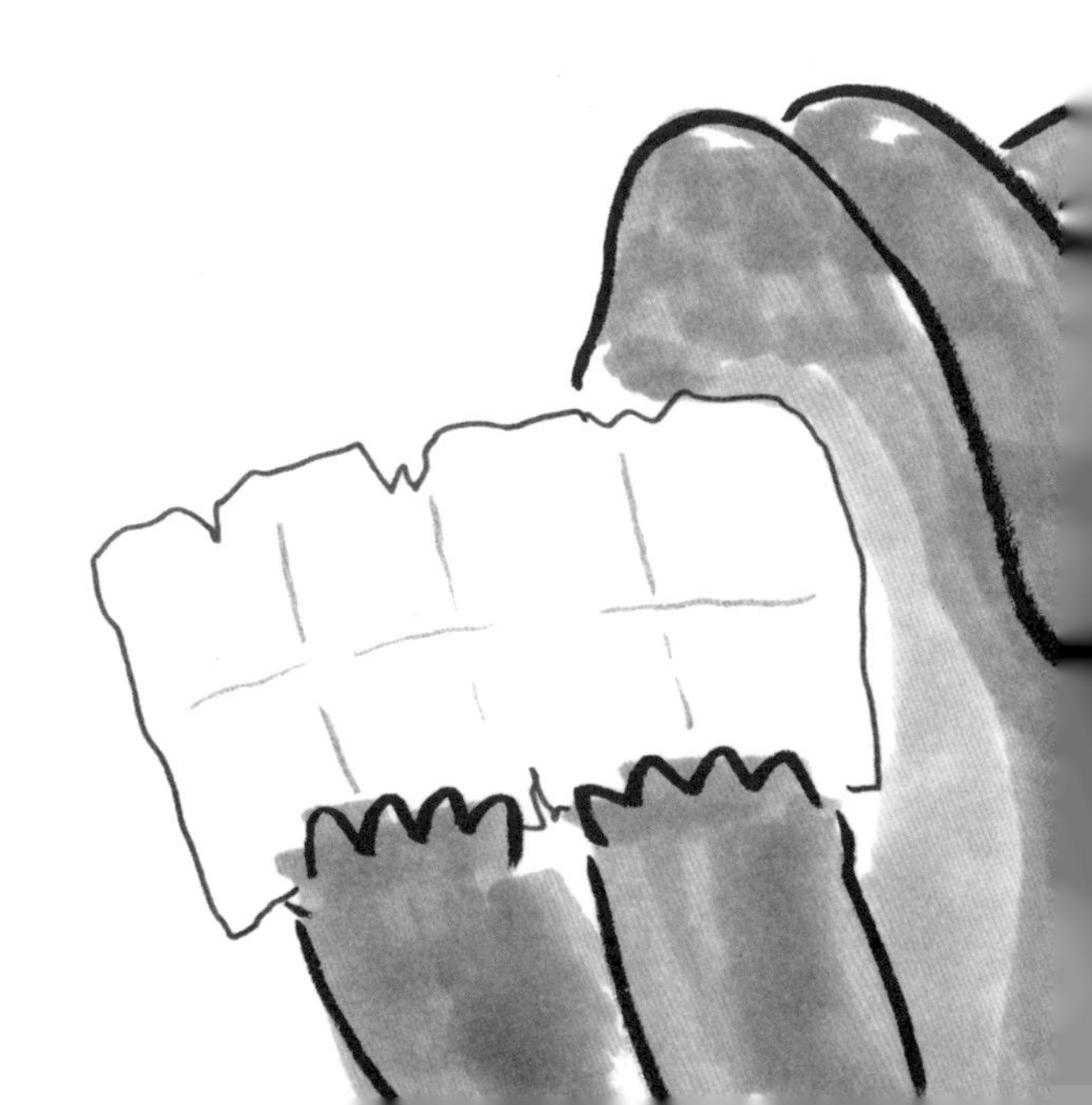

　ドラゴンがでかけた　よくあさ、きいくんのところに、びっくりしんぶんしゃの　イーノさんから、でんわが　かかってきました。
「おはよう。さっき、あるひとから　でんわがあって、ドラゴンに雨をふらせるでんわが、かかってこなくなった　わけが　わかったよ。よかったら、おじいさんといっしょに　こないかい」

　きいくんが、おじいさんといっしょに、びっくりしんぶんしゃにいくと、ふとったいのししが、ノートをもって、ふたりのそばにやってきました。

　びっくりしんぶんしゃの　イーノさんです。

「さっきもらった　でんわをもとに、しんぶんにのせようかと、こんなきじを　かいてみたんですがね」

ノートには、こんなことが　かいてありました。

「ちかごろの　からから天気や、どしゃぶりの雨について、へんなうわさが　ながれています。それは、ドラゴンが、ドラゴンの王さまの、〈げきりんに　ふれた〉せいだというものです。

うわさをきいたひとたちは、ドラゴンに雨をたのむと、じぶんたちまで、ドラゴンの王さまの、〈げきりんに　ふれる〉のではないかと　おそれて、ドラゴンに　雨をたのめずにいます」

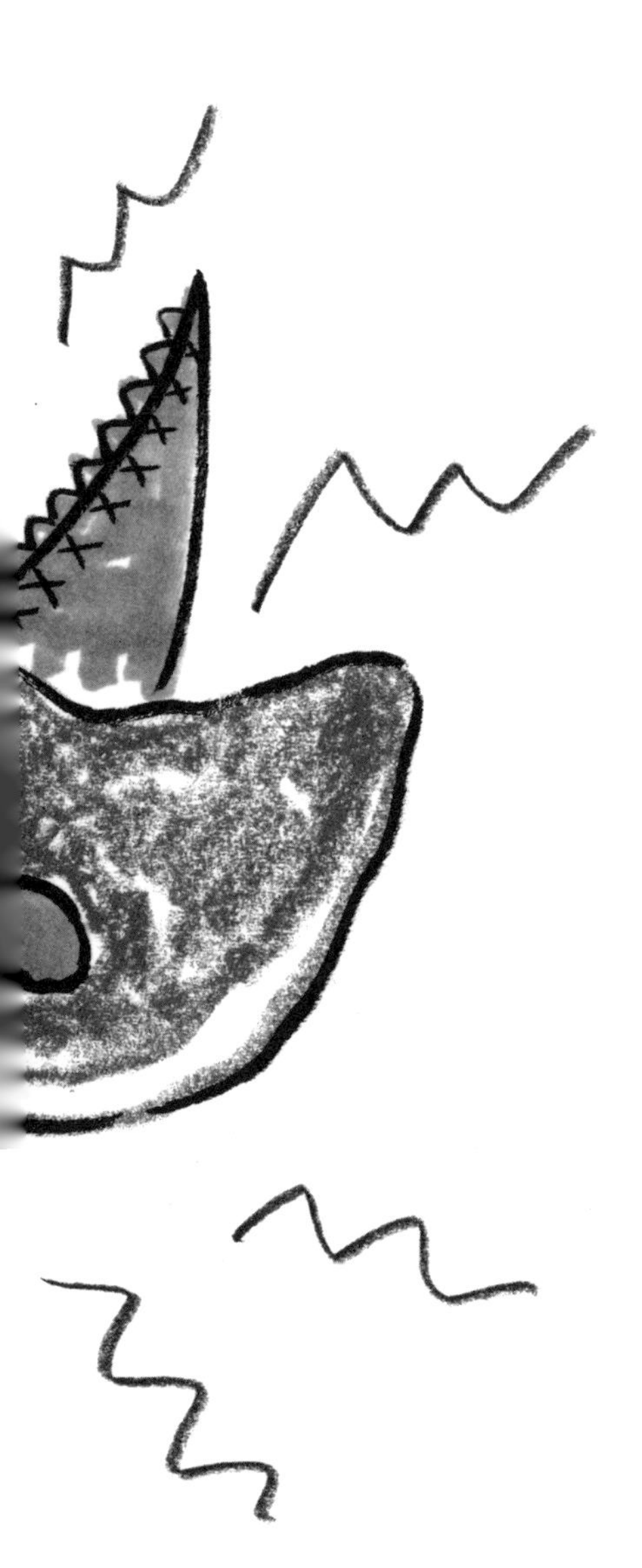

それを　よむと、きいくんのおじいさんは、しんじられないといったように、あたまをふりました。

「だれが、こんなひどいうわさを　ながしているんですか？」

「ワニダーゾ・ワーニャンだそうですよ」

ふたりが　おどろいて口をあけると、イーノさんは、ふたりがびっくりするのを　きたいするように、いたずらっぽく　ききました。

「このじょうほう、だれからだとおもいます？」

「さあ……」

「ドン氏です」

「ええっ！」

きいくんとおじいさんは、目をまるくして、おもわず、かおをみあわせました。

ドラゴンが、どうして、マッチばこの中に　すむようになったかというと、むかし、かいぞくから　たからものをぬすんで、マッチばこの中に　かくれたからでした。

かいぞくは、おこって、ドラゴンを、マッチばこの中に　とじこ

めてしまいました。でも、あとになって、かわいそうなことをした
とおもい、マッチばこから　だしてやりました。そのかいぞくが、
ドン氏だったのです。

「ワーニャンは、ウミセンとかいう　目つきのわるい　ドラゴンといっしょにきて、ドン氏に、ドラゴンゴン国の〈秘宝のうろこ〉があるばしょを　おしえてくれと、いったそうですよ」

「ひほうのうろこって？」

「わたしも、はじめてききました。りゅうせん洞というところにかくしてあるようです」

「そこは、どこにあるんですか？」

「さあ……。ドン氏は、かんじんの、そこにいく地図を　どこかにかくして、わすれてしまったというんです」

ちょうどそこへ、カッパンが、いきをきらして　やってきました。

カッパンは、ドラゴンゴン国の　王さまにつかえるカッパで、ドラゴンの　じいやでもあります。

「ああ、ここだったんですか。おたくにいってみたら、おるすだったものですから」

カッパンは、きいくんのかおをみると、ひといきついて、いいました。

「王子さまが、王さまの　げきりんに　ふれた　などと、根も葉もない　うわさを　耳にしたものですから、とんできました。

王子さまは、どうしていらっしゃいます？　こころないうわさに、おちこんではいませんか？」

「ぜんぜん。だって、うわさのこと、しらないもの。でも、雨をたのむでんわが　こなくなったのをきにして、きのうから、ていさつに、でかけているよ」

きいくんのはなしをきくと、カッパンは、ほっと、むねに手をあてました。
「それより、王さまのげきりんって　なあに？」
きいくんが、たずねると、カッパンは、先生にでもなったように
こたえました。

「げきりんとは、ドラゴンの王さまのむねに、一まいだけ、さかさまにはえている、うろこのことです。それにうっかりふれると、王さまがおこって、ふれたひとを　たべてしまうと　いわれています。だから、ひとを　ものすごーく　おこらせることを〈げきりんにふれる〉って　いいます」

「え、そんなこわい　うろこなの？」

「そういわれているだけで、たべられたひとなんて　いませんから、あんしんしてください」

カッパンがわらうと、イーノさんが、ききました。

「うろこといえば、ドラゴンゴンゴン国の〈秘宝のうろこ〉とは、どんな　うろこなんですか？」

「ああ、それは、ドラゴンゴン国の王さまの、とおい　そせんにあたる、リュウ王のむねに　はえていた、げきりんです。とくべつな力があって、それを手にしたものは、雨を、じゆうに　あやつることができると　いわれています。そのため、これまで、なんども、ぬすまれそうになって、いまでは、ひみつのばしょに」

　カッパンは、そこまでいって、はっとしたかおをしました。

「どうして、〈秘宝のうろこ〉のことを？」

「じつは、うわさを　ながしたのは、ワニダーゾ・ワーニャンで、かれが、かいぞくのドン氏のところに、ウミセンとかいう　目つきのわるい　ドラゴンといっしょに、ドラゴンゴン国の〈秘宝のうろこ〉があるばしょを　ききにいったそうなんです」

イーノさんのはなしをきくと、
カッパンは、たちまち　けわしいかおになりました。
「ウミセンですと?」
「しっているんですか?」

「海で、千年しゅぎょうをして、ドラゴンになったと　いっているらしいですが、ほんとうかどうか、あやしいものです。しょうたいも、まだわかっていません。

わたしは、かれが、さいきんの　いじょうな天気を　ひきおこしている、くろまくではないかと、にらんでいます。

おそらく、ワーニャンは、かれに、そそのかされているのでしょう。〈秘宝のうろこ〉も、かれが、ぬすませようとしているに　ちがいありません」

それから、カッパンは、ますます　けわしいかおをして、イーノさんにききました。

「それで、ドン氏は、まさか、ふたりにばしょを　おしえてはいませんでしょうね？」

「りゅうせん洞というなまえなら　おしえたようです」

それをきくと、カッパンは、いっしゅん　てんじょうをあおいでいいました。

「じゃあ、これから、りゅうせん洞に、いかなくては……」

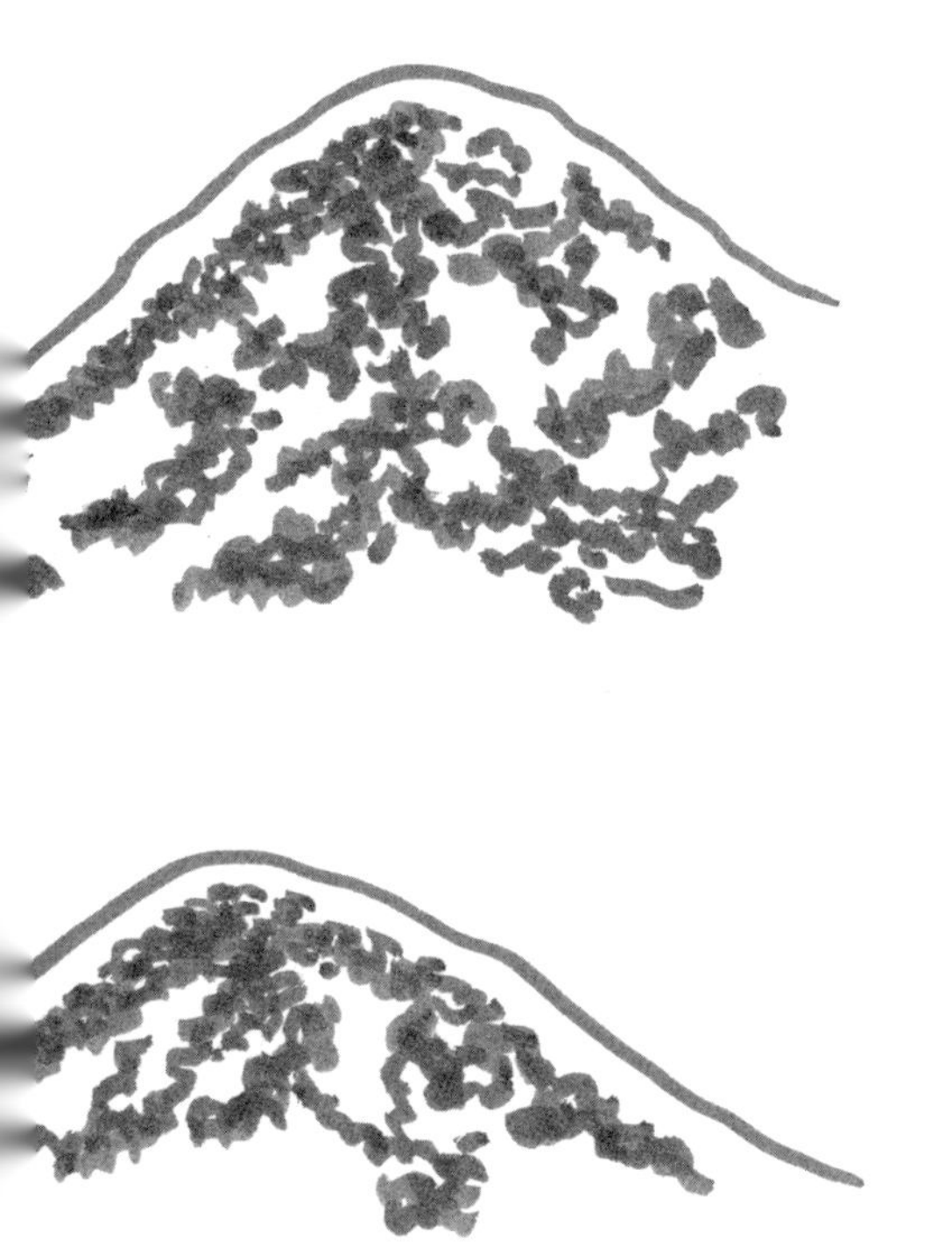

そのころ、ドラゴンは、
うれいら山に　ついたところでした。
地図では、この山のどこかに、
りゅうせん洞が　あるはずです。
ドラゴンが、あたりをとんでみると、
山の中から、水が、いきおいよく
ふきだしているところがありました。

そばにいってみると、岩にぽっかりと
大きなあなが　あいています。どうやら、
どうくつの　入り口のようです。
ドラゴンが、中にはいってみると、
ひんやりとすずしくて、青くすんだみずうみが、
おくへとつづいていました。地底湖です。

「わあ、こんなにすんだ水、みたことない！　すいこまれそうだ！」
ドラゴンが、さきにすすもうとしたとき、おくから、耳の大きな
コウモリのいちだんが、とんできました。ウサギコウモリです。
「だれだ。なにしにやってきた。ここからさきには、ドラゴンゴン
国の　王家のかたしか　はいれないぞ」

「え、そうなの？　じゃあ、ぼくは、はいれるよ。ドラゴンゴン国の王子だもの」

　すると、コウモリは、こんなことをいいました。

「かいぞくのぼうしをかぶって、なにが、王子なもんか。それに、ドラゴンゴン国の王子さまなら、さっききて、かえったところだ」

「ドラゴンゴン国の王子が　きたって？」

「ああ、王さまのめいれいで、〈秘宝のうろこ〉をとりに　みえられた」

「秘宝のうろこ？　それ、なあに？　ここにあるの、かいぞくがかくした　たからものじゃないの？」

　ドラゴンが、きょとんとすると、コウモリたちは、わらいました。

「王子のふりして、こいつ、なに、ばかなことをいっているんだ」

「ふりなんかしてないよ。ほんとに王子（おうじ）だよ」
ドラゴンが、どんなにいっても、コウモリたちは、まったくしんようしません。
（わかってもらうには　どうしたらいいかなあ）
　そのとき、ドラゴンは、むねに一まいだけ　さかさまにはえている　うろこのことを　おもいだしました。

（たしか、小さいころ、カッパンが、これは、
ドラゴンゴン国の　王さまになるものにしか
はえてないものだって、いったようなきがする）
ドラゴンは、むねにある　そのうろこを、
コウモリに　ゆびさしてみせました。
「ぼくのじいやの　カッパンが」
ドラゴンが　いいかけたとたん、うろこをみた
コウモリたちから　おどろきのこえが
あがりました。

「げきりんだ！　しかも、カッパンさまをしっているとは、こちらが、ほんものの王子さまに　ちがいない。じゃ、さっききたのは、だれだったんだ」

コウモリたちは、あわてて、どうくつのそとに　とびだしました。ドラゴンも　なにがなんだか　わからないまま、そのあとをおいかけました。

と、まもなく、空をとんでいく　にせの王子のすがたが　みえてきました。大きなはこを、おもそうにかかえて、すこし　よろよろとんでいます。

「まてーっ！」

ドラゴンは、にげていく　にせ王子めがけて、ぶわーっと、口から　火をふきました。

と、どこからか、まるで　むかえにきたように、まっくろな雨雲があらわれました。

にせ王子が　とびのると、雨雲は、すごいいきおいで、
ドラゴンたちから　とおざかりはじめました。
「まてーっ！」
ドラゴンは、雨雲を　ひっしになって
おいかけると、ぶわーっと
口から火をふきました。

雨雲が、にげるスピードを
はやめますが、ドラゴンは、
あきらめません。
「まて、まてーっ！」
ドラゴンが、ぶわわーっと、
まえよりも　大きな火を
ふくと、ほのおが　雨雲に
とどき、中からぬっと、
目つきのわるいドラゴンが
かおをだしました。
「しつこいやつめ、
のみこんでやるわ！」

目つきのわるい
ドラゴンは、その目で、
ドラゴンを　にらんだと
おもうと、かっと、
そこなしぬまのような
口をあけて、ドラゴンに
とびかかってきました。
　その口めがけて、
ドラゴンは、これいじょう
はけないほどの火を、
ぶおーっと　ふきました。

と、その火を　まともにくらった　目つきのわるい　ドラゴンが、
なんと、海のウツボに　すがたをかえたでは　ありませんか。
ドラゴンが、さらに火をふくと、ウツボは　ひめいをあげ、
げかいにむかって　にげだしました。
「まてーっ！」

ドラゴンと　ウサギコウモリたちが、そのあとを　おいかけようとしたとき、それまで、まっくろだった雨雲が　うすくなって、中にいた　にせ王子が、すがたをあらわしました。

あたまに　かんむりをのせて、王子のかっこうを　していますが、ワーニャンです。

「あれっ、ワーニャンじゃないか！」

ドラゴンが、いっしゅん、ぽかんとしたすきに、ワーニャンは、雨雲をはしらせて、にげはじめました。

でも、ひとりになったせいか、雨雲を、はやくはしらすことができません。

ドラゴンに、たちまち　おいつかれてしまいました。

そのころ、げかいでは、イーノさんの車が、りゅうせん洞をめざして、はしっているところでした。

車には、イーノさんのほかに、きいくんと、おじいさんと、カッパンがのっています。

車が、ちょうど　ひろいとうげに　さしかかったとき、カッパンが、こちらにむかってやってくる　雨雲と、そのあとからとんでくる、ふしぎなコウモリのむれに、きがつきました。

「おや、あれは……」

カッパンがいいかけたとき、あたりがいっしゅん、ぴかっとあかるくなって、

「ゴロゴロ　ドッカーンッ！」

と、かみなりの　すさまじい音がおこりました。

雨雲が、こちらに　ちかづいてくるにつれて、雲の中から、ドッスンと　なげとばしたり、ボコボコ　なぐりあっているような、そうぞうしい音が　きこえてきます。

（もしかして、あの中で、だれかが　けんかしているのかな？）

きいくんがおもったとき、車のまえに、雨雲から、なにかがおちてきました。

きいくんたちが、あわてて　そとにでてみると、ドラゴンとワーニャンじゃ　ありませんか。

ふたりは、大きなはこを　あいだにはさんで、ドラゴンが　上になったり、ワーニャンが　上になったりして、ごろごろ　ころげまわりながら、はこをひっぱりあっています。

どちらも、手はつかえないので、あいてのかたに　かみついたり、足を、はげしく　けとばしたりしています。

ふたりが、そんなふうに　たたかっているとき、おもいがけないことが　おこりました。

はこがこわれて、まつぼっくりのような　茶色いものが、ごろんと　ころがりおちたのです。

ワーニャンが、あっと　こえをあげて、ひろおうとしました。

でも、いっしゅんはやく、ドラゴンが、けとばしました。

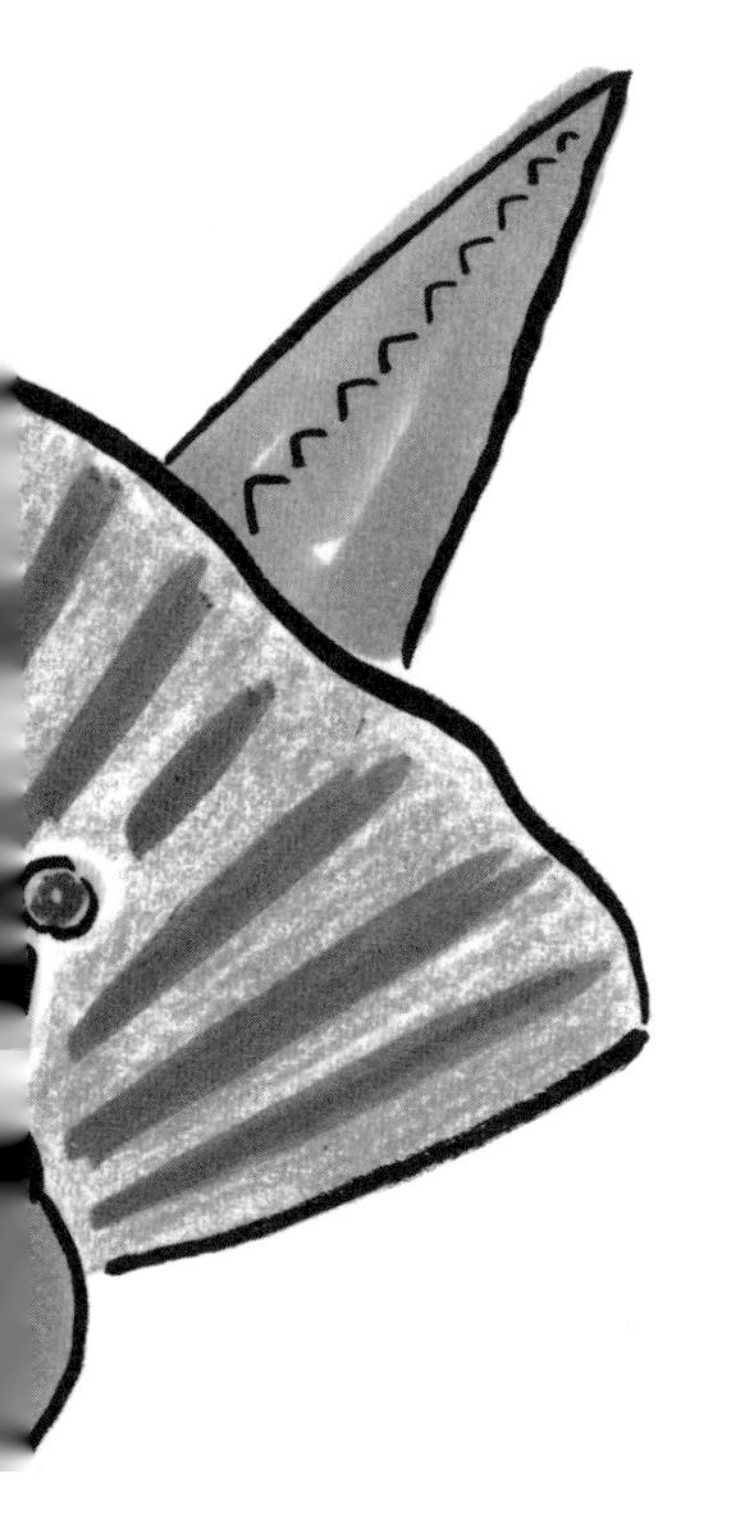

と、それは、空中で　ばらばらになり、
あたりに　くだけちってしまいました。

この日の　ドラゴンのかつやくと、ワーニャンのことは、よくじつの　びっくりしんぶんに、大きくのりました。
ドラゴンに　やっつけられて　にげだした、ウミセンという　ウツボのこともです。

ウサギコウモリたちが、あとで、イーノさんに、その日のできごとを、くわしく　はなしてきかせたのです。

ワーニャンは、あのあと、みんなが、ドラゴンが　けとばしたもののかけらを、ひっしになって　さがしているすきに、こっそりにげてしまいました。

きいくんは、おじいさんのところで、いっしょに　しんぶんをみながら、これで、ワーニャンもウミセンも、ひどい雨をふらせるのを、やめてくれるといいな、と、おもいました。

さて、ドラゴンが　けとばしたものこそ、ドラゴンゴン国の〈秘宝のうろこ〉、つまり、リュウ王のげきりんでした。

カッパンは、ドラゴンが、それを　しらなかったことに、ひどくショックをうけました。

「王家の秘宝を　しらなかったとは、なげかわしい。王子さまがこどものころ、あれほど、おおしえしたでは　ありませんか」

でも、かいぞくから　たからものを　ぬすんで、かんどうされていた　ドラゴンは、秘宝をとりかえしたことで、王さまから　かんどうをとかれ、ドラゴンゴン国へ　かえることになりました。

もっとも、ドラゴンは、かえりたくなかったのですが、おきさきさまが、こんどのことで、ねこんでしまったのです。

「どうか、ひとめ、おきさきさまにあいに　おかえりください」

カッパンにおねがいされて、ドラゴンはしぶしぶ、ドラゴンゴン国に　かえりました。

おきさきさまは、ドラゴンのかおをみると、たちまち　げんきになりました。

ところが、こんどは、王さまが　ねこんでしまいました。

「きっと、ながいあいだの　ごくろうがでたのでしょう。
おしごとは、王子さまにまかせて、おきさきさまと、しばらく
ゆっくりなされては　いかがですか。わたしが、どこか、のんびり
できるところを　おさがししましょう」
カッパンのことばに、王さまは、うれしそうにこたえました。
「じつは、まえから、そうしたいとおもっていた。
ばしょなら、きさきとふたりで、もうきめてある」
そのばしょとは、なんと、ドラゴンの
マッチばこの中でした。

というわけで、いま、ドラゴンは、王さまのかわりをしています。
王さまのかわりと　いっても、しごとは　カッパンがしてくれる
ので、ドラゴンは、おやつのおかしばかり　たべています。

でも、なんにもしないで　たべるおかしは、雨をふらせたあとに、村のひとたちから　ごちそうしてもらう　おかしのように、おいしくありません。

(ああ、はやくかえって、雨をふらせて、おかしをいっぱい　ごちそうになりたいな。ちぇっ、ドロシーはいいんだ)

ドロシーとは、ドラゴンの　ふたごのいもうとです。ドラゴンとおなじように、雨をふらすことが　できます。

ドラゴンが、王さまをしているあいだ、ドラゴンのかわりに、雨がふらなくて　こまっているところに、雨をふらせています。

ところで、ドラゴンが　けとばして、ばらばらにしてしまったリュウ王のげきりんは、あのあと、ウサギコウモリたちが、ひとかけらも　みおとすことなくみつけて、もとのかたちにもどしました。いま、それは、りゅうせん洞の　おくふかくにある、青い青い地底湖のそこで、あたらしい　たからばこにはいって、しずかにねむっています。

ウサギコウモリたちは、こんどこそ、それを、しっかりまもっていますよ。

作者●茂市久美子（もいちくみこ）
岩手県に生まれる。実践女子大学英文科卒業。在学中より童話を書きはじめる。同人誌「童」同人。『おちばおちば とんでいけ』(国土社)で、第３回ひろすけ童話賞受賞。「またたびトラベル」シリーズ（学研）『ほうきにのれない魔女』（ポプラ社）「つるばら村」シリーズ全10巻（講談社）『アンソニー』(あかね書房)「ドラゴン」シリーズ全７巻『アップルパイたべてげんきになあれ』(共に国土社）など多数の作品がある。東京都在住。

画家●とよたかずひこ（豊田一彦）
1947年宮城県に生まれる。早稲田大学第一文学部卒業。二人の娘の子育てを通して絵本創作をはじめる。『どんどこももんちゃん』（童心社）で、第７回日本絵本賞受賞。おもな作品に「うららちゃんののりものえほん」シリーズ既刊４巻「ワニのバルボン」シリーズ全５巻（共にアリス館）『とまとさんがね…』『おにぎりくんがね…』(童心社)『おめでとうのおふろやさん』（ひさかたチャイルド社）など多数の作品がある。東京都在住。

ドラゴン王さまになる

NDC913　63p

作　者＊**茂市久美子**　画　家＊**とよたかずひこ**
発　行＊2015年２月15日　初版１刷印刷　2015年２月20日　初版１刷発行

発行所＊株式会社　国土社　〒161-8510　東京都新宿区上落合1-16-7
電話＝03(5348)3710・3731
FAX＝03(5348)3765
印刷所＊株式会社　厚徳社
製本所＊株式会社　難波製本
ISBN978-4-337-03020-6